詩集

存在確率

――わたしの体積と質量、そして輪郭

松村栄子

コールサック社

詩集　存在確率――わたしの体積と質量、そして輪郭

目次

I

Ⅱ

Ⅲ

詩集

存在確率

——わたしの体積と質量、そして輪郭

松村栄子

I

空が蒼いとそれだけのことに
生きてもいいと思ったりする

想いの伝わらない言葉

想いの伝わらない言葉ほど愚かしいものはないのに
想いの伝わらない言葉を書き連ねている
胸は空だが真空ではなくて
歌が響いて地震みたいだ
鼓膜を音に浸して
視線で砂をすくいあげると
それは想いの伝わらない言葉　言葉の粒子
休符の連続はやたらうるさいだけのジャズみたいだ
苛立って涙を流すと
それは想いの伝わらない言葉　言葉の老廃物

瓶に詰めて凍らせたら白く曇ってしまうだろうか
純粋なのはいつも雨だけだから
窓から降るのを見つめていると
それは想いの伝わらない言葉　ガラスのカップ一杯の言葉の雨

夏の雨

音でわかるのではなく
包まれている感覚で
今　雨の降る夜にいる
内部のわたしが心臓の編目をほどかれるように
夜へ夜へと引き出され
鼓動がなくなり
命さえ消えるとき
存在だけが雨に同化し
残るだろう
地に降り岩に沁み入るように

完成する秋

何を見たというのだろう
狭い視界におぼろな輪郭で
何を見たというのだろう
こんな幅狭い可視光線の領域で
ただ忘却に追いかけられた
かすかな時間の尻尾だけを
咄嗟に見たと君はいうのだ
細い骨ばかりの脚で
何処まで逃げきれるものかと
悲しそうに君はいうのだ

だけれど君の風になびく
一筋の茶色い髪の方が
僕には悲しく思われる

*

音もない部屋に、と書き出して
ペンの擦れる音を聞く
音もない部屋に、と呟いて
かすかな反響に耳を峙《そばだ》つ
白い壁　白い壁
僕の目には何も見えない
白い壁　白い壁
ことばが見える
それは脳裏に焼きついた

硬い綴り字なのだが

*

忘れてしまえば薄くなって
溶けてしまうそのときを
確かに意識し
垂直に重ねることによって
僕は僕の秋を
満喫してみせる
せいたかあわだち草の
色になどまどわされずに
この空気のありさまを
鋭い視線で突き抜けて
僕は僕の秋を

完成してみせる
夜ではない
それは夜ではなく
陽の高い真昼のことだ
草原の草の
あしは短いが
風に弄《もてあそ》ばれて
半ば喜んでいるその草たちの
上に仰向いて
僕は叫んでみせる
声も出さずに
地球を背後に
太陽と向き合うことで
僕はこの存在証明を
彼に問うてみたいから

僕は僕の秋を
完成させてみせる
ただひとりで

同化する秋

一面の秋桜《コスモス》畑
一面の秋桜畑

秋
細い葉に露が宿る
重みにしなだれる秋桜に
伏して死ねたら素敵だろう

風に飛んだ種が
いつかどこかの地で生まれ

咲いた花が素敵だろう
恋しいのは
秋　一面の秋桜畑

*

長い時間《とき》を待ちました
ひとつことしかできぬわたしは
待つことだけに全てを費やし
こんなに大きくなりました
髪も長くなりました
爪も長くなりました
待った時間《とき》と同じほど
そうして長く長く
ただ黙って

わたしは待ちました
流れていく時間《とき》の音《ね》を
聴くことさえできなかった
それはきっと秋を転がるプラタナスの枯葉のような音だろうけど
立ち尽くしている場所も同じです
着ているものも同じです
そうして長い時間《とき》を待ちました

*

連ねる言葉の虚しさに
泣いている暇はないのだから
こうしている間にも
秋が深まっているのだから
わたしは虚しい言葉の中に

きっと大切なものを見い出して
秋に同化せねばならぬ
泣いている暇はないのだから
冬をひとりで迎える強さはないのだから
逝くなら秋とともに逝かねばならぬ
凍てつくものを思わせるような
秋の風の凝固に
わたしの軀を差し出して
同化してしまうことだけが必要だ

＊

伝えたいことなど何もなく
気配だけを感じている
存在ということの不確かさ

かすかなかすかな存在の気配しかもたぬ
漠たるものだけが
この所有物
浮いて舞って散らつくものを
わたしの周囲に纏《まと》うこと
望みといえばそんなふうな
曖昧なことでしかないけれど
伝えたいことなど何もなく
気配だけを感じている
浮いて舞って散らつくものを
わたしの精神が捕獲すること

乞う日

暗い真昼
そういえば月は朔月《さくげつ》
わたしは
灰の散ったこたつの上で
憎い蠅を肺癌にすべく
血道をあげている

＊

雨が降りません

わたしの雨乞いは終日続き
声も枯れ　首も疲れました
風が吹きました
冷たい風でした
でも
雨が降りません
わたしは西の空を見つめ
黒点を捜しているけれど
北緯36・6度に雨が降りません

＊

なんだか
途切れ途切れの違和感が
鼓動を縫って

流れます
陽の光と雨音と
淋しさと暖かさとの
うねりだけが見えるような
つまらない
言葉を呟き
夢の中へと消えていく
なんだか
途切れ途切れの違和感が
鼓動を縫って流れます

*

降ってはいない雨が
微粒子となって虚空に舞う

降ってはいない雨が
野原に匂う
降ってはいない雨が
視界を曇らせ
わたしたちの種々な現実を見えなくする
生だけが
ぼんやりと確かめられて
こんな湿った
草原に
わたしたちは衣服を脱いで
裸で交わるだろう
夢の彼方に現れた
遠い幻想の風景には
家もなく人もなく
樹々と空と生だけがあった

存在確率

夢見たくない
現身《うつしみ》のその中に
何かを期待すれば
傷口もない血もない
自らに
癒せない痛みを負う
ただ限られた空間を
はかない輪郭で切りとって
わたしという存在を表象し
そんなものと他との間に

何が結ばれるというのだろう
人であることを
わたしは憎み
感情と理性とに
煩わされて
弱い犬のように吠えても
なおさら哀れになるものを
臨界磁場で凍らせて
どこかへ運ぶ
その荷を負うのは
あなたでなくていい

*

さわさわと

揺れる樹々に
視線が
釘付けになり
その張りつめた視線に
わたしの存在がぶら下がり
風に揺れて戯れて泣き出す
いつもこんなふうにしか
語れない情景の
片隅でやはり草たちが揺れ
両手で塞いだ耳の奥に
仲間になろうよと
そんなふうに聞こえて
わたしは硬直する
夢だったから
陽《ひ》かりの重さを身に感じて

翻ってからかう
それが夢だったから
だから
睨《にら》むように凝視したわたしの
中で
何かが糾々と泣き出して
疼《いた》み出して
だけど
泣くより悲しい想いの表現は
語られるのでなく
触れられることで
果たされるから
皮膚のすべての痛点を
一度に触れられ
呪縛の裏側で

この上ない解放が襲う
そのとき　わたしがあげる絶叫は
もはや、あなたには聞こえない
それは　ただ　風の　行為
避け難い
揺れる樹々へのわたしの凝視
仲間になろうよと
そんなふうに聞こえて
わたしはただ誘《いざな》いの前に硬直する

*

何が穢《きたな》いのか
この雨がちな夕暮れ
凍えて立っていると

洗われそうで
そうしてわたしは細い神経繊維になって
あなたの訪れを待つのだろうか
触れれば折れそうに
凍てついたわたしの神経は
あなたに快楽を与えられなくなるだろう
わたしの足元には
ぼろぼろとこぼれた細胞が
屑のように散っていて
いぶかしげな顔をあなたはするだろう
骨といったら雨で溶けて
じゅくじゅくと音を立ててとうの昔に消えている
何が美しいのか
この雨も忘れてからりと晴れた真昼頃

虚数解の美学

おまえのいない部屋の中で
俺もまたいない部屋の中で
俺はふやけた実存と顔をつきあわせ
煙草の煙でそいつを汚《けが》そうとする
霧散したそのかけらを拾い集めて
そうしてもう一度抛《ほう》り上げて
俺が見ている虚数解の美学
おまえは一度として形あるものとして生まれはせず
俺は一度として形あるものとして生きはしなかった
ヴェール一枚隔てた世界で

無限に直進する俺の座標軸と
おまえの放物線との
接点に想いをはせる　俺は
此処にいず彼処にもいず
霧散しつつ存るもの　砕けつつ存るもの

決して誰にも云っては逝かない

決して誰にも云っては逝かない
何の束縛も何のはずみも
わたしにはいらない
やがて時の中を体積としてのわたしが押し進み
加速されて体積がはがされ
原子になったときに
水があれば水に
崖があれば崖に
刃があればそれに
委ねて夢を見る

決して誰にも云っては逝かない

＊

もう泣かないと
幾度思ったことだろう
もう笑わないと
幾度思ったことだろう
子猫ほどの可愛さもなく
黒い服を着て建物の影を歩こうと
幾度も幾度も思ったのだ
その度に　最後の涙のありたけを流そうと
思って出なかった
その度に　最後の大笑いをしようと
思って顔がひきつった

今日もまたつまらない話に
軽く微笑み返して
挨拶をして
またねと云って
歩き出す左足が軽く痙攣する

＊

ないがしろにしてしまうのだ
多くの想いを
適当に遊んで
〈あら知らなかった〉と云って
傷つけてしまうのだ
わたしの淋しさが
わたしの優しさが

思いのないところでしか
わたしは遊べないから
誰を思いやることもできないのだ
つまらないことに傷ついて
仕返しすらできないくせに
好きなひとびとを大切なひとびとを
ないがしろにしてしまうのだ
そうやっていつも
大事なものとそうでないものとの区別がつかずに
傷つけてしまう多くのもの多くのひとと自分とを

ぼくの時（五篇）

ぼくに与えられた
ぼくの一日を
ぼくが生きるのを
ぼくは拒む

風が何かを詠っている
ひととき
柔らかな四肢を樹間に抜いて
何か
ひどく大切なことを告げようと
風が
風が身を投げ出して
詠っている

ぼくにはそれが
わからない

突然降り出して
音を立てる雨を
冷たいガラス越しに見れば
裸で鞭打たれている
自分が見える

何もかもが嫌なわけではない

仰向けに横たわれば光る雲が見える
朝は攻めたてる陽の強さに目が覚める

何もかもが嫌なわけではない

否定語を並べれば
ぼくができる

それでもなお

綴っておくこと
言葉にできないことは多い
けれどそれでも
綴っておくこと
自分を　こうして秘密裡に
記号化し　象徴化し　歪曲し
それでもなお
綴っておくこと
わたしのために
わたしの愛したもののために

わたしを愛した優しさのために

＊

嫌懈《けだる》いけれど
柔らかさと
ともに
いま　わたしは
あぁ　一分もしないうちに
雨筋は途絶えて
でも　わたしは
いけると思う——生きて
嫌懈いけれど
腕の重さ
足の重さ

は
ひとの命の重さ
なのかもしれない　と

＊

陽射しの重さに目を覚ます
馴れた野原の草の茵《しとね》
伸びするふりで突き出した腕《て》を
高く掲げ
そのまま高く掲げ
光になろうとする
何もいらない誰も
いらない
わたしは

光になろうとする
少年のように

ひとつの珠

生まれてくる
生まれてくる
生まれてくるのは
生命ではない
ゲル状の卵ではなく
肉塊の病に冒された存在でも
ありはしなかった
遠い、遠いとしか云いようのない距離から
ひとつの放物線をたどって
落ちてきた

水晶のように透いたひとつの珠だった
あらゆる
そう　かつて見たあらゆる僕の夢を閉じ込めた
そんなひとつの
珠だった

独歩

歩くということ
ただ歩くということ
前だけを見て歩くということ
明るいということは宇宙の闇をさすのだ
光の門の扉を開けると
こんなにも影が溢れている
ちっぽけな（けれど愛すべき）地球を離れれば
わたしたちに重さはなく
一歩一歩は不確実さをさまよう
二十歳の死の向こう

ただ $|\psi|^2$の存在確率で
光の扉を越えていく
時おり星が流れると
擦過傷を頬にうけ
傷だらけの治癒の中で
歩くということ
光の束はこんなにも暗い
たかがマッチ一本の灯りがまぶしいのは
誤りだ
放物線を見たか
宇宙に投げ出された
己の影を見たか
歩くということ
ただ前だけを見て
歩くということ

曖昧な第一歩を
蒼ざめた地球は
涙の海を波立たせ
引きとめようとするだろう
豪雨の叫びで
呼び返そうとするだろう
３００Ｋの愛で
包みこもうとするだろう
けれど　だからこそ
歩き出すということ
闇の中で
圧力だけが（気配の）
美しいなにものかを察知する
白色矮星の過程に立ち会い
赤色巨星のゆらめきに精神を焦がし

己の過程を照射することで
生命を確かめるとき
無限の錯覚さえ伴って
宇宙の律動を聞くだろう
女性か少年のようなコードの高い笑い声が
鼓膜に響くだろう
歪んだ空間あるいは時間の折り返しの中で
忘れた自分を見、聞くだろう
二十歳で誰もが死すのだから
それは夢でなく
何か絶対なものの
流れなのだ
そのものだけの世界がある
夢だけの　イメージだけの　言葉だけの
今、思考は帰っていった

わたしに残るのは
存在だけ　すべてを濾過したあとに残った
フィルターの網目
だがそこに
形も質量もすでにない
それらもまた行ってしまった
わたしが歩むのは
存在だけの世界へ向かってなので
もう振り向くことはない
事象の果てに引き込まれていく光を惜しまない
ミンコフスキー空間が区切る時間を惜しまない
そういったものの関係が知りたければ
窯の前で
熱い陶器の奏でる釉薬《ゆうやく》の音《ね》でも聴けばいい
儚《はかな》さの無限を知るだろう

そうではなくて
否定の蓄積の果てに無限大が
零《ゼロ》と同化したところに
存在の核はあるのだから
わたしは　ただ
歩くということ
星間をぬって
$|\psi|^2$の存在確率でふらついて
光の余剰を闇に認めて
地球の鼓動を振り返らずに
より大きな胎内へ溶け出し
太陽の行く末を見とどけ
遠ざかる月を
自ら遠ざかり
歩幅の小ささを気にとめず

存在になること
核だけになること
母音世界に回帰すること
途中　わたしの目の前で
無傷の球面は裏返り
わたしの内宇宙と外宇宙は
絶えず入れ替わるが
その都度残されたものたちが
混濁し
錯乱し
光が閉じ込められ
カルシウムの塊が星となり
そのくずとなって消え去る
過程を眺める眼球さえ
例外でなく

神経が有機体として
水の惑星を捜し求めていく
ああ
呟きの彼方にも
まだ　行くべき空間だけがある
星だけがある
閉ざされていると知りつつ
なおも超えることを目指して
歩くということ
ただ歩くということ
前だけを見て歩くということ
存在は
否定の蓄積の果てに無限大が
零と同化したところに
あるのだから

ただ歩くということ
擦過傷や少々の火傷は
ものの数ではない
歩くということ
歩く歩く歩く
ただわたしの右脚が左脚が精神が

Ⅱ

月の光は銀の粒
ちらちら降ってひとを刺す

夢綴り

怖い夢
奇怪な夢を漂い動かぬ重い脚に
立ちすくみ
凍りついて
泣いて目覚めた十九の朝

何かの到来に怯え
壁際に膝を抱えて身を隠した夜
笑いも知らぬ顔で
ただ首を横に振っていた一匹の

野良の仔犬にも等しく

遠くへ行く夢
気づくと長い道のりを随分後にして
見も知らぬ
名さえ虚ろな土地に
わたしの視線だけが浮かんでいた
永い旅に出ようとした二十歳の夏

いつか

いつか誰かも
そしてわたしも
風のない風の中
時のない時の中
覚えているんだ
何もわたしを束縛せず
何も約束しなかった
あのいつか……
だから
聞こえるか、と問う

見えますか、あなた
でも　それは
悪戯で
ただの悪戯で
だから
だけど
夏の夜の深さを
嗅いだとき
誰か
生命《いのち》というようなものでない誰かが
ふと倒れ
海へ還る
覚えているんだ
辿ってきた通路《みち》も方向も
ただ出口だけを

捜し求めていたね
明日旅立つわたしの
為に

そのいつか

このまま四角な部屋のまま
紫色の時間《とき》のまま
飛んでしまえばいいのだろう
あのとき　そのいつか
可能だったようにだけど
甘い誘惑　夜空の雲
少し眠らせてくれませんか
数千年ほどでよいのですが……
だってまだこの星は
夢に染まっていないから

時間《とき》が経って紫色に
なったときにわたしは目覚めて
はじめの挨拶かわしてみたい
このまま四角な部屋のまま

仏蘭西窓

ねぇ春はどうでもよいけれど
夏にはランボーの詩のようにして歩けたらいい
秋には秋桜が地平線まで広がっていたらいい
冬には枯葉が寒そうに鳴っていてもいい
赤い屋根の洋館に
貴女たちと三人で暮らしていたい
仏蘭西窓をそれぞれひとつずつ持って
眠るときは別々でもいいから
ひとつ暖かな居間を持って
ペチカに戯れて薔薇を燃《も》して笑ったり

手作りのケーキで三人一緒に誕生日をして顔を歪めて――
貴女がわたしに編物を教えてくれて
貴女がわたしにお料理を教えてくれるなら
わたしは貴女たちに木登りと柿の実の採り方を教えてあげる
ねえそんなふうな
ほんの少しのメランコリーと
ほんの幽かな微笑みとの
風に漂う夢を見てはいけませんか
少年になれなかったね三人して
都会に疲れた貴女と
男の人に疲れた貴女が
わたしに優しくしてくれないだろうかと
夢を見てしまう　いつもいつも
勝手な我儘な夢だけど

異教徒

i

回教徒の姿勢で
貴女はわたしの膝先に伏している
放埓《ほうらつ》に伸びた黒い　髪は
枯れた草のようにてんでに散って
わたしは膝の上の本が触れているのだと思わせながら
自分の小指に三筋ばかり巻きつけて
ひとり苦しんでいる
貴女はともかく
貴女の神経はそれに気づいていて

あぁ、わたしの膝が暴くのかもしれないが
呼吸の速度が変わる
このままこの女《ひと》の上に
わたしも伏したならヤーヴェの神はわたしを裁いてくれるだろうか

ii

寝苦しい夜ふけ
足の裏が熱くて眠れないと貴女は訴え
布団から脚を出して
わたしの足に触れようとした
〈どうれ〉とわたしも脚を動かすと
たしかに
貴女の足は熱くて
笑った

iii

車中に貴女は首を垂れ
やがてわたしの肩にもたれて眠った
なぜかそこだけ身の薄いわたしは
肩の骨が貴女に痛みを与えないものか案じていた
硬い貴女の髪がわたしの首筋に触れ
車両の動きに細かに揺れて
あきらかに
わたしは他の乗客たちに秘密を持った
人々は　とりわけ少女たちは
わたしたちを見ていた
眠っている貴女と髪の乱れているわたしとを
あきらかに

iv

別れは互いにそっけなくかわして
わたしは一片の感情さえ見せはしなかった
自分の街の駅に降りたち
振り返らず歩き出して
けれどそのとき
貴女の余香が鼻をかすめ
（それはわたしの左肩に残っていた）
切なさの不意打ちに
頽《くずお》れそうになる

鏡

わたしが五歳であったころ
父は八十であった。母は、十九
身なりの割にはすっぱな
ある日彼女が寄ってきて
あの子が欲しいと先生に云った
はないちもんめの危ない嬉しさ
自分が奪われていくあの期待

*

わたしは自分が美しいのを知っていた
孤児院の少女らは
鏡で自分の顔を覚えるのがやっとだった
まして少年たちは薄暗い
廊下の隅の手洗い場に
鏡のあることすら知らなかった
わたしはいつもそのほの暗い光の中に
浮かびあがる自分の
白い美しさを確かめていた

*

父は物云わぬ人だった
ある日彼女があざだらけで
うなだれ歩いているのを見た

不思議な横顔に
二筋の黒髪
美しいとは思わなかった
美しいのはわたしだけだ

*

妙な興奮はいつも
呆れるほど広い応接間の
壁の絵の中から襲ってくる
名は知らぬ
神話の中の青年は
白い衣《きぬ》をまとっていたろうか
テーブルを寄せて、椅子をのせて
その上にわたしのからだをのせて

わたしは彼と向きあった
接吻は不快だった
黴びた油の臭い
それが快感に変わろうとする刹那
突っ張った爪先が折れて
〈落ちる〉意識に包まれる

＊

ああ、陽だまりの中にあっても
わたしたちはおのおの幸福であったろう
赤い血によってではなく
青く細い静脈で
わたしたちはつながっている
ほとんど糸でからめとられるほどに

身動きできないほどに

＊

雨——
彼女がいつも眺めている鏡は
飾り気のないくせに
妙な雰囲気をはなっていた
ある日半裸でその前に立つと
冷たい視線は
わたしを映さなかった
いつも彼女がそこにいた
表面は彼女だけを刻み込んでいた
化粧水、紫色の
瓶を投げつけると

幾つかの亀裂が走り
わたしの身体が歪んだ、わたしの
罪人のように
レントゲン写真を撮る哀れな大人のように
前傾すると肩の骨が、触れる
平らな胸を表面に覚え込ませようとすると
最早機能しなくなった不可解さが
あの冷たい感触が
皮膚を越えて血管を凍らせ骨に達し
ある鋭利な感覚が
左の胸を突いた

日常的な土曜日

乳房の上で蛾を殺す
シーツの上にバッタが跳ねる
暴走するバイクの嵐と
面倒臭げな驟雨との
フィードバック　フィードバック
雨だったから洗濯をした
ざんざん降りだから一時間かけて
乳房の上で蛾を殺す

ゆびのあいだにごきぶりの血なんかつけていてはいけない

誰だろうあのひとは
わたしが愛すべきひとだった
眠りのなかに今朝たちあらわれた
なんのまえぶれもなく
そして
静かにいとも自然に
夜具のなかで
わたしは知っていたあのひとが
あのひとこそが《あなた》なのだと
そして欠けていた《わたし》なのだと
くちびるのかたちだけが鮮明にしるされた

ちいさくて四角くて厚いくちびるは
はっきりと水を知らぬようにかわいていた
わたしはひきよせられて
それは愛らしかったからではなく
魅惑的だったからでもなく
おしつけられたからでもなかった
ただ知っていたから
このひとなのだとあまりにはっきり知っていたから
その瞬間に

わたしはひきよせられて
ふれた刹那
それは熱かった
かわいてそして熱かった
わたしは満たされうなだれひざまづいた
ながいことわたしは待っていたのだと知る

わたしは待っていた
待っていることもだれを待っているのかも知らず
だが《あなた》だった
あの熱いかわいた息にふれたとき
そのながいながい年月を
わたしはふいに思い出し気がとおくなる
出会えたよろこびにふかく埋もれてしまう
ふかくふかく
もうわたしはあらわれなくてよいのだと
もうなにも苦しまなくてよいのだと
もう見なくてさえよいのだと
熱い吐息のなかでわたしは悟っていた

わたしの重みはあのひとの腕にとられ
あのひとのことばが

わたしのすべてを支配する
あのひとは云った
ゆびのあいだにごきぶりの血なんかつけていてはいけない
ぼくが近寄れないじゃないかと
わたしは十本のゆびをひろげる
なにも見えない
だがわたしはゆびのあいだをぬぐう
あのひとは云った
古い服を着てはいけない
古い霊が宿っているからと
わたしはあわててそれを脱ぐ

あのひとがわたしをくるむ
見えない手で見えない胸で
だがそのときわたしははじめて

恐怖もなくむかえいれることができる
それはやさしく
おもいがけないほどやさしく
わたしにとける
なぜなら《あなた》だったから
わたしが待ち続けた《あなた》だったから
わたしが待ち続けた時間とともにやってきた
《あなた》だったから
ながく苦しい記憶とともにやってきた
《あなた》だったから

わたしはすべての存在と観念と熾烈な情念をかかえこみ
溢れる見えないなみだの熱さのなかで
満たされうなだれひざまづいた
胸と胸　腹と腹　脚と脚を

熱くかさねあわせ
かわいたぬくもりのなかで
恐怖がみじんもないということの
かけらもないということの
なんというしずけさ
なんというあたたかさ
なんという充溢
なんとわたしであることよ

誰だろうあのひとは
あまりにはっきり知りすぎたゆえに
顔が思い出せない
名はなかった
だがそれは
《あなた》だった

過ちのオルフェ

白いというそれだけのことで
すべてを許してしまえるのなら
この闇もまた
苦痛ではなくなり
輝き出す優しさに
僕には見える
そうして貴女も
生きてきた
年月でなく刻々を
解きほぐして

散りばめて
逝ってしまおうとしたのだろう
けれど
〈けれど〉といつも呟いた
その途端
確信が途切れて
僕は否定辞の前でたじろいだ
いつも　いつも
ただ一緒にいたかっただけなのだから
引き止めることはなかったのだ
僕は黙ってついていけばよかった
貴女の裾を指に絡めて
そうしていつも歩いたように
だのに
白いというそれだけのことで

僕は振り向いてしまったから
取り残されて立ちつくし
石化した貴女の心を
溶かすこともできず
眺めていた
けれど
と呟きかけて
僕が悟ったのは
ことばなど何ひとつ役にたたず
沈黙の直線だけが
真実の表象だったと
いうこと
引き止めることも
従うこともはや
できなくなって

砕いてしまったのは
この僕だったけれど
破片を手にして
散りばめたのも
僕だった
それはきらきらと
そう　きらきらと光りはしなかった
ただ　白すぎる闇の中に
ぼんやり浮いて
やがて落ちたのだ
僕の上に降ったのだ
だから再び
掻き集めて両掌でもって
舞い上げると
やはり落ちたのだ

だから再び
僕は……
僕はこんなことを繰り返し繰り返し
もしかしたら
それは
僕が解きほぐした
僕の時間の刻々ではなかったかと思いさえした

Ⅲ

今また風が
声をあげて吹き抜けていった

どんな悪い夢が

苦しい顔をして眠る者よ
どんな悪い夢がおまえの眉間に皺を刻む

わたしなら草柔らかい地に
おまえを横たえ
心地よい風をただ
送り続けるだろうに

それでも　おまえが行こうとすることの
何を引き留めることも

かなわないなら
ただ姿を消してあの樹の上から
おまえを黙って見つめようか
夢の中まで見透せる
虚《うろ》をもつあの高い樹の

愛ではなく

愛というような
柔らかなものでこれを語ろうと
わたしはしないだろう

何故ならわたしたちの掌は
余りにごつごつして
この形なきものを形なきままに
保つことのあたわない
造物の虜《とりこ》となっているのだから

名付ければよい名付けたければ
塗ればよい色付けたければ
ただ形象と名の記憶の狭間から
垣間見えるものを虚ろに
わたしは見るだろう
一本の神経繊維のように
儚かったが確かに存ったものとして

＊

愛のない寂しさが　泣かせるのではない
そうではなくて　もっと
稀薄なものの　ながれが
絶えず　絶えず　流れるものの
粒子が　弄ばれて　辛がっているのだ

胸というのでなく　頭というのでなく
わたしの存在の中で
そう
辛がっている
絶えず　絶えず　流れる
稀薄なものの　粒子が
辛がっている
わたしの存在の中で

原子的欲求

平和なその一瞬に
文字を綴りたいという
原子的欲求
正午の近いのに
太陽の不在
雨の不在
風の不在
いとも静かに在るだけの時間
香りでわかる
珈琲の酸味

たったひと文字でいい
ただその緻密な一瞬をとらえて
漠と広がる空間
その歪みすら含んだ広大な三次元的面積の中で
純粋な一原子としての
わたしを凝縮し
ひと文字に凝縮し
あたかも点を打つように
しかし綴るという行為として――
在るのにわからないのは在りすぎるから
この白々とした雲は
いったい何を覆っていると
いうのか
ただ在るだけなのに
すべてとすら捉えてしまう

このわたしを
付随するもの不純な汚物
全てをわたしとして凝縮し
ひと文字に凝縮し
あたかも点を打つように
この緻密な一瞬をとらえて

漂流

抽象的な言葉の波間
沈んでは浮き再び流され
底で見たのは廃虚の夢
遠く遠く畏れと憧れに
ひと波ごとにさらわれて
まどろみ、凍え、目覚めて叫び
たゆたっては一瞬
逆らうために筋肉を震わせた
水面《みなも》では冷たい雨が頬を打ち

わたしを正気づかせ
夢を洗い流そうとする
とどまる術を知らぬわけではないが
だるくなった脚を許すと
再び深い渦がひ弱な精神を引きずり込んだ

時と天変地異と生命と
この奔流の中で
確実に削りあげられる神経の
痛みを聞け、眼差しを受け止めよ
音のない抽象的な漂流の過程で
今、着実にわたしは強くなっている

妹へ

夢の中でおまえが駆けた
おまえの後ろに蒼い山と薄い空と
おまえの額で凍ったような汗の球が
おまえの言葉をきらめかせていた
快い風と快い風景の中に
ぽつんと存在した駅のホームに
おまえは駆けた
わたしに向かって

父へ

細すぎて
柔らかすぎて
わたしの髪は昔から
容易にとけないややこしさ
お風呂あがりに櫛をもち
困りはてて父を捜した
気の長いそのひとは
胡座の上にわたしを乗せて
一本一本ほぐしながら
もつれた髪を梳《す》いてくれた

力まかせにブラシでこする
わたしの髪は今となっては
艶をなくし枝毛に裂けて
見るも無残な様相です

お父さん、わたしはこの髪が好きです
見るに堪えない悲惨さに
涙も乾くこの髪が
哀れで情けなくて辛いけれど
わたしを愛する男のひとは
煙草のせいだというけれど
もっといいもの食べろというけれど
お父さん、わたし　この髪が好きです
口にくわえられる長さになって

ぷちんぷちんと爪でちぎって
いたぶってはいても　わたしは好きです
煙草の匂いの染みこんだ
女を娘と呼びたくないアナタの気持ちはわかるけど
もう髪をといてくれないひとに
わたしの気持ちはわからない

わたしの髪は絡まって
指で梳けない空々しさ

陽だまり（六篇）

西陽に照らされながら
枸杞《クコ》を摘む
幼い少女が
来て問えば
お薬だよと教えてあげる

細い凪にさざんかの
花びら掃くのがわたしの役目
薄く照らす日の中で
薔薇を摘むのがわたしの仕事

林檎もらえば
何も忘れ
無心に磨いてしまう
哀しい癖

ひとが幾人通り往かうと
それがあなたでないのは
だうしたことだらう
　　そんなことが
　　理解できない
　　曇つた朝の窓辺

わたしは栗鼠のやうに胡桃を喰《くら》うてゐる
　わたしの歯音と時計の音と
うつたうしい頭痛と軽い眩暈と
わたしは栗鼠のやうに胡桃を喰うてゐる

柵を越えて隣人が来る
柵を越えて隣人が来る
　　自転車を借りに

柵を越えて隣へ行く
柵を越えて隣へ行く
昨夜《ゆうべ》つくった水羊羹のおすそわけに

孤独者の群

人待ち顔で
路に立つのは
それなりに楽しいことだった
通り過ぎるひとにも聞こえないくらい
甲高く細い声で歌を口遊《くちずさ》んで
雨上がり　コートの裾に滴を残して
歩くひとびとを眺めながら
後ろに近づくあなたの足音に酔っていた

肩に置かれるあなたの掌《て》

それなりにわたしは驚いて
あなたはそのまま歩き出して
わたしは両手をポケットに入れて
ついていく　ただついていく

左に並ぶとこちらも見ずに
待ったかとあなたは聞いて
すごく待ったと　わたしはいつも答えていた

＊

多分ひとを愛したら
愛という言葉は消えて
匂いだけが残るだろう
それはいつも弱虫な利己主義者たち

夢捨てびとを見たくないから
妨げにだけはなるまいとする
ときに他者の人生を
引き取らねばならないこともある
けれど捥《も》ぐには若過ぎる者たちの
翼は濡れてどこか重たい
多分ひとを愛したら
愛という言葉は消えて
気づかぬ重みが残るだろう
束縛の名を恐れる
優しい孤独者の群

＊

あのひとの姿をあいするのではなく

生き方をあいするのでもなく
強いていえば
その存在をあいして
いつか舞ってしまう
わたしの存在との
逢瀬を約束して
わかれます
それは
空
天の川ほどのロマンもなく
晴れた日の優しい重たさもなく
凍えるような雨空で
わたしが手をさしだしたなら
ものも云わず
引いていってくださいますか

金星蝕——1989.12.2

色と呼べない気弱な空に白い月
わたしたちは環状八号線を走っている
車は遅々として進まず空だけが刻々色を増し
月はその輪郭をとぎすます
一番星だとわたしが指さす
それは三日月に抱かれるようにして明るく輝いている
——あなたは首を傾げる
星はあまりに月に近く、月の影の部分にかかって見える
月より前に星はなく、月のむこうの星は見えるはずがない
わたしは両手でつくった握り拳を月に見立て地球に見立て

ふいに両手を開いて不思議ねと小さく呟く
――あなたはどうしてだろうとより一層深く首を傾げる
十代のわたしなら解き明かせた命題の
美しさだけにわたしは見とれ
――あなたはどうしてだろうと首を傾げる
わたしはあなたの睫毛を脇から見つめた

道を折れるたびに月は位置を変え
だがわたしたちと共にあった
やがて横たわる黒い疑問符のような雲がゆっくりと月を呑み込み
再び姿を現したとき、あなたが告げる
――ねえ、星が消えてしまった
ならば月のむこうに隠れたのだ
あるいはそれは星でなかったかもしれない
わたしたちは少し淋しかった

高速を抜けて市街に入ると道はなお混雑していた
あなたは巧みにそして慎重にハンドルを切りながら
そして笑った
——ねえ、星がお尻のほうに出てきた
隠れていた星が先ほどとは違う月の反対側に輝いていた
わたしはあなたの横顔を眺め
眼差しの先にあるいくつかのミラーが映し出す世界を思った

わたしたちは知らなかった
それが今世紀最後の金星蝕の宵だとは
次に見られるのは二〇〇一年の夏のことだとは
そしてまた知らないのだ
わたしたちは二〇〇一年の夏の明星を
共に見ることがあるかどうかを

わたしたちはそれを
無邪気に問うことも
約束することもできはしない

構図

わたしは図を描き線を引いて考えていた
孤独と悲しみを受容しようとする男性に
ついていくことができるかどうか
彼は優しく、それは冷酷さの表れであり
冷酷さは誠実さの表れだった
わたしは正直すぎると彼は言った
わたしは正直に過ぎ
彼は誠実に過ぎた
わたしたちの前に夢の残る余地はなく
愛を語る余地もなく

ほとんど契約に近い条件だけが箇条書にされる
それは明らかに不平等条約で
否、否とわたしの理性のすべてが答えていた
だが、それでもわたしは図を描き線を引いて考えていた
この悲しい勝利者を救う方法がないかどうか
非暴力闘争の可能性について
無血の抵抗運動の可能性について
「意志」「無意識」「嘘」「守護」「救済」「理想」「尊厳」
「侮蔑」「愛情」「憐憫」「信頼」「犠牲」「人生」「幸福」
矢印が引かれ、幾重にも丸で囲まれ、大きなバツ印で打ち消され
わたしは考えていた
考え続けていた
頭を叩き、鉛筆の芯を折り考え続けていた
ただ、その紙を破り捨て立ち上がるためだけに

泉を囲んだ者たちへ――あとがきに代えて

それは小さな泉でしたね。小さな広場のまんなかにあった小さな泉。わたしたちは時おりそれをのぞき込み深さの前でたじろいで、おたがいの肩をつつき合ったり勇気を出して掌に清水を結んでみたりしたものだった。あるときは冷たさに蒼ざめ、あるときは思わぬ温かさに微笑みもした。意地悪に泉を独り占めしたり、すねてそっぽを向いたこともなかったろうか。どんなときも不思議と静かなそれは広場であり、泉だった。

わたしたちは知っていた。広場を囲んでいるのはそれぞれ背の高い門を構えた扉であり、広場から出ていくにはどれかを選ばねばならず、どの道かを行かねばならないのだと。そしてそれは決して誰かと手を携えてくれる門ではないのだと。

わたしはあの薄い雲を通した暖かな陽だまりが好きだった。風の日、皆がおのおの自分の中に閉じ込もっていてさえあの広場が好きだった。だから、自分も出ていかなければならないのだと悟ったのは、ある者が既に門の向こうに消え、ひとりふたりとそれに続き、最後の誰かが気がかりそうに門からわたしを振り向いたときだった。わたしは知りたくなかった、行かねばならないと。去らねばならないと。最後まで駄々をこねていたわたしを嗤った者もいたし諭した者もいた。

今、わたしはあるひとつの門からつながる一本の途の上にいます。なんだかことのほか道幅が狭くなり、呼吸も困難になってきたような気がします。あなたのほうはどうですか。誰よりも早く誰よりも正確に物事の現実を悟りたいと旅立って行ったあなた。ささやかでいい、温かいもうひとつの広場にたどりつければと微笑んでいたあなた。幾重にも枝分かれした道をいつだって確固たる意志で選び抜いて行ったあなた。誰も知っていたわけではない、それが必ず何処か明るい世界につながる道だと。行き止まりになるかもしれず、悪い獣だっているかも知れなかったのだ。けれど自ら選んだ扉の取っ手に手をかけるとき、皆の顔はそれぞれに輝いていた。

もう帰れない。決して戻ることのないあの広場にいた者たちよ。あなたたちは今どのへんにいるのだろう。わたしは知っています。まだ誰も挫折したりはしていない。憩える場所を見つけた者はさらに高みをめざし、豊かな水脈を見つけた者はその流れを辿り、壁にぶつかった者は今、小さな石の隙間に細い光の筋を見つけました。そう、わたしもまた幅の狭くなったこの道を後戻りする気持ちはありません。

選ぶことは選ばれること。この短い人生で幾度となく繰り返し聞かされてきたその言葉を最後に聞き、身をもって実感したのはあの広場。だから少し疲れて少しうなだれて溜息をついてもわたしはわたしの足跡を他でもないこの道に刻みたい。その軌跡を見失うべきではない。そんなふうに今、大きくのびをしたところです。

Feb.17,1989

生々しい精神のリアリティを抱えた存在論的詩篇　鈴木比佐雄

松村栄子詩集『存在確率――わたしの体積と質量、そして輪郭』に寄せて

1

作家の松村栄子氏の一六〇枚もの詩の草稿を初めて読んだ時は、その詩があまりに切実な詩作であり、その清々しさに言い知れぬ感動が立ち上がってきた。自己や他者が存在することの意味を問うという存在論的な意識を抱えた詩篇群には、生々しい精神のリアリティがある。今ここに現存することをどこか奇跡のように感受して、その直観した意識をそれしかない形で詩に掬い上げているように思われた。読み終えた後にこれらの詩篇をうまく編集すれば、学生時代から二十代後半までの松村氏が生死を賭けて問うていた存在論的な詩集が誕生すると考えられた。

松村栄子氏と初めて出会ったのは、二〇一六年秋で七十年の歴史のある福島県文学賞の審査会会場だった、松村氏は小説部門の審査委員で、私は詩部門の審査委員だった。その審査会の後の懇親会で話すことができた。その話の中で「卒論はフランスの詩人のイヴ・ボヌフォワについてであり、若い頃に書いた詩の草稿もあり、いつか詩集を出すのが夢で、実は詩人になりたいと願っていた」と何のてらいもな

く、自分への約束事を果たすように語られた。私はその率直さに驚き、松村氏の夢を実現させる支援をしたいと考えた。翌年の審査会の後の懇親会でも詩集の話が出て、私が関西方面に出張の際に松村氏の暮らす京都に行き、詩集の草稿を拝読させてもらうことになった。

　松村氏が第一〇六回の芥川賞を受賞した『至高聖所《アバトーン》』は、筑波大学とおぼしき大学に入学した主人公の青山沙月と大学寮の同室になった渡辺真穂とが、研究学園都市での大学生活を送りながら、家族や他者との関係から引き起こされる「心の病」を「夢治療」してくれる「至高聖所《アバトーン》」を探していく物語だ。実の父母を失くし義父も死にかけている真穂は「至高聖所《アバトーン》」という芝居の台本を書き、その上演に情熱を注ぐが、演劇部員から反対されて挫折してしまう。沙月は鉱物研究会に入り、真穂と相互影響を与え合い、恋人の嶋君が新興宗教に染まり疎遠になるなどするが、研究会の「青金石《ラズライト》」などの鉱石を研究する清水先輩に憧れて、どこか宮沢賢治のように鉱物を叩き肉眼鑑定術を身に付け、その性質を研究していく学生生活に馴染んでいく。しかしピアニストになるに違いないと理想化していた自分の分身でもあった姉が、その夢を捨て平凡な結婚をして子を孕んだことを知り、その赤ん坊を抱く姉の姿が反復されて不眠症に陥り、精神が錯乱してしまう。恋人の力を借りようともしたがそれも断念し、一人で図書館のファサードに辿りついた。そこに立ち並んでいる六本の円柱がある場所は、真穂が演じようとしていた「至高聖所《アバトーン》」となる所だった。沙月はそこに辿り着くと「夢の中に赤ん坊が出てきたら委細かまわず抱きしめればいい」とようやく悟り、その石の床に横たわり「絹の肌触りで眠りはそこにあった。」と小説は締めくくられている。松村氏は鉱物を叩くように沙月や真穂という若者たちの精神を叩いて、彼女たちの身体を通してその肉化された存在の痛みを語らせていったのだろう。この小説に出てくる清水先輩はどこか岩手県の岩石を研究していた宮沢賢治を彷彿させるし、その先輩に憧れて弟子のようになる沙月やその先輩を沙月に譲って欲しいと迫る真穂は、詩人に憧れるだけでなく、自らの生き方を通して詩的精神とは何かを追求しているかのようだった。その意味でこの小説の隠された主題は、松村氏にとって自らの詩的精神をいかに小説の中で物語として開花させるかという試みだったのかも知れない。

2

今回の詩集『存在確率――わたしの体積と質量、そして輪郭』は、松村氏が小説を書き始める直前の一九八九年頃までの詩篇で、作品が書かれたのは十代から二十代後半にかけてである。きっと松村氏の表現領域の深層に当るもので、それが明るみに出されたと言えるだろう。

詩集は三章に分けられて、Ⅰ章十二篇、Ⅱ章九篇、Ⅲ章十篇の計三十一篇から成り立っている。Ⅰ章の扉には章タイトルの代わりに「空が蒼いとそれだけのことに／生きてもいいと思ったりする」というエピグラフ的な短詩が添えられている。私はこの「空が蒼い」という表現の中に「青金石《ラズライト》」を叩いていたかも知れない松村氏の学生時代を甦らせようとする思いを感じた。

冒頭の詩「想いの伝わらない言葉」はタイトル自体が松村氏の言語思想的な表現であり、言葉がすぐに「言葉の老廃物」になってしまう危機感を痛切に感じている。それゆえに「純粋なのはいつも雨だけだから／窓から降るのを見つめていると」、不純な言葉を「ガラスのカップ一杯の言葉の雨」に変換させたいと試みるのだ。

詩「夏の雨」では、「内部のわたしが心臓の編目をほどかれるように」、「命さえ消えるとき／存在だけが雨に同化し／残るだろう」という現存しながら肉体が滅んでいき、雨という存在物に同化し返っていく、私という存在物が解体される極限の存在論を記している。この詩は十行の短い詩だが、松村氏の存在論的な詩の特徴を伝える優れた詩篇だと思われる。私たちの生命の起源である水への憧れは、雨に寄せる感謝につながり、その雨に同化したいという願いは生き物の潜在意識の中にあるのかも知れない。

詩「完成する秋」では、「何を見たというのだろう」という詩行から始まり、「かすかな時間の尻尾だけを／咄嗟に見たと君はいうのだ」と言われて、「僕は僕の秋を／完成させてみせる／ただひとりで」と自らの「かすかな時間」である「秋」を探しに行くのだろう。

詩「同化する秋」では、「一面の秋桜畑《コスモス》／一面の秋桜畑」と山村暮鳥の「いちめんのなのはな」のリフレーンを彷彿させるが、単なる花畑で終わるのではなく、「流れていく時間《とき》の音《ね》を／聴くことさえできなかった」と待つことの苦悩を語り出し、「浮いて舞って散らつくものを／わたしの精神が捕獲すること」を目指そうとする。

詩「乞う日」では、「わたしの雨乞いは終日続き／声も枯れ　首も疲れました」と雨の降らない禁断状態に陥り、ついには「降ってはいない雨が／野原に匂う」ことによって「こんな湿った／草原に／わたしたちは衣服を脱いで／裸で交わるだろう」と幻視していくのだ。今まで読んできた松村氏の詩には雨によって深層が開示していくような傾向があり、ある意味では雨に触発される存在論的詩篇と言えるかも知れない。

3

詩「存在確率」はタイトル詩であるが、その「存在確率」という言葉は量子力学で使用されていて、簡単に言えば物質の有無は確率的なもので時間的空間的には特定できないということらしい。その数式があまりに高度で私には全く理解できなかったが、松村氏はそうした概念を神秘的もしくは哲学的にそして文学的に認識しようとしていたのかも知れない。冒頭の部分を引用してみる。

夢見たくない／現身《うつしみ》のその中に／何かを期待すれば／傷口もない血もない／自らに／癒せない痛みを負う／ただ限られた空間を／はかない輪郭で切りとって／わたしという存在を表象し／そんなものと他との間に／何が結ばれるというのだろう／人であることを／わたしは憎み／感情と理性とに／煩わされて／弱い犬のように吠えても／なおさら哀れになるものを／臨界磁場で凍らせて／どこかへ運ぶ／その荷を負うのは／あなたでなくていい

（「存在確率」の一連目）

「夢見たくない」で始まるこの詩は、きっと『至高聖所《アバトーン》』の中で不眠になってしまう「見たくない」と思いつつ見てしまう夢の詩なのかも知れない。「わたし」は、量子力学が教える理性的な宇宙の法則を理解すると同時に、その物理法則から無縁の感情を抱えた「わたしという存在」の在りようを「わたしは憎み」、そのような「哀れになる」人間存在に絶望感を抱いていく。そのような「わたし」はきっと他者である「あなた」を拒絶していくのだ。そして次のように自己を断罪し解体させようとする。

さわさわと／揺れる樹々に／視線が／釘付けになり／その張りつめた視線に／わたしの存在がぶら下がり／風に揺れて戯れて泣き出す／いつもこんなふうにしか／語れない情景の／片隅でやはり草たちが揺れ／両手で塞いだ耳の奥に／仲間になろうよと／そんなふうに聞こえて／わたしは硬直する／夢だったから／陽《ひ》かりの重さを身に感じて／翻ってからかう／それが夢だったから／だから／睨《にら》むように凝視したわたしの／中で／何かが糾々と泣き出して／疼《いた》み出して／だけど／泣くより悲しい想いの表現は／語られるのでなく／触れられることで／果たされるから／皮膚のすべての痛点を／一度に触れられ／呪縛の裏側で／この上ない解放が襲う／そのとき　わたしがあげる絶叫は／もはや、あなたには聞こえない／それは　ただ　風の　行為／避け難い／揺れる樹々へのわたしの凝視／仲間になろうよと／そんなふうに聞こえて／わたしはただ誘《いざな》いの前に硬直する

（「存在確率」の二連目）

「さわさわと／揺れる樹々に」で始まるこの二連目は、人間としての自己が自壊し

ていく一歩手前の内面を記しているように思える。「わたし」は樹木から「仲間になろうよ」と呼ばれるのだ。行くべきか迷って「わたしの存在がぶら下がり／風に揺れて戯れて泣き出す」、誘惑に負けそうな自分が怖くて「わたしは硬直する」。自己を捨て樹木と化せば「この上ない解放が襲う」のは間違いないが、それは声を失うことであり、「そのとき　わたしがあげる絶叫」は「あなたには聞こえない」。決心がつかないまま「わたしはただ誘《いざな》いの前に硬直する」。

これほどの現実存在（実存）の自壊の危機意識を、樹々からの誘いという切迫したリアリティの相関関係で記していたことに、私は言い知れぬ感銘を受ける。どうしてこのような詩が書き得たのだろうか。私なりの推測だが、それは松村氏の卒論のテーマであったフランスの詩人イヴ・ボヌフォワの詩の哲学的なテーマであった「プレザンス（現存）」と「アブサンス（不在）」から学び、強い影響を受けたのだろう。きっとこのような突き詰めた詩的世界の研究や詩作を自らに課していた松村氏は、小説家になってもどこかで自分は詩人だと感じていたに違いない。それは小説家の深層の中には詩人があたりまえに棲んでいることをただ明らかにしただけなのかも知れない。最後の三連目を引用する。

何が穢《きたな》いのか／この雨がちな夕暮れ／凍えて立っていると／洗われそうで／そう

してわたしは細い神経繊維になって／あなたの訪れを待つのだろうか／触れれば折れそうに／凍てついたわたしの神経は／あなたに快楽を与えられなくなるだろう／わたしの足元には／ぼろぼろとこぼれた細胞が／屑のように散っていて／いぶかしげな顔をあなたはするだろう／骨といったら雨で溶けて／じゅくじゅくと音を立ててとうの昔に消えている／何が美しいのか／この雨も忘れてからりと晴れた真昼頃　（「存在確率」の三連目）

「何が穢《きたな》いのか」と語り、人が苦悩の果てに死んでいくことを人は美醜で語れないことを告げている。自分の身体が雨に打たれて分解されていきたいという解体願望のようなものを表出している。その情景は「あなたに快楽を与えられなくなるだろう」かも知れないが、そのような「存在確率」が人間にはあることを身を切るように刻んでいる。決して自裁を肯定している訳ではなく、人間はそのような自己の存在を否定する意識を抱えて、過剰な「運動量」を持つ存在なのであることを記している。松村氏は『存在確率』にサブタイトル「――わたしの体積と質量、そして輪郭」としている。ないものねだりをするのではなく、自らの身体を通して存在するとは何かを粘り強く問うて、生に希望を見出し再び歩み出すことを最後の二行「何が美しいのか／この雨も忘れてからりと晴れた真昼頃」で表現されているように感じる。その意味でこの詩「存仕確率」も詩集『存在確率――わたしの体積と質量、そして輪郭』全体も、この世に存在してもいいのかという根源的な問いを孕んだ本格的な存在論的詩集だと言える。

他にも、Ⅰ章の詩「決して誰にも云っては逝かない」、「独歩」、Ⅱ章の「夢綴り」、「仏蘭西窓」、「ゆびのあいだにごきぶりの血なんかつけていてはいけない」、Ⅲ章の「愛ではなく」、「原子的欲求」など、論じたい松村氏しか書けない想像力に満ちた独創的な詩篇が、たくさん収録されている。若き松村氏は詩作を突き詰めた果てに小説の世界に向かって行った。けれども決して書き残した詩篇を忘れることがなく宝物として保管し続けた。そんな松村氏からの詩集という言葉の宝物を受け取って欲しい。詩と小説の境界を越えたいと願う人たちにもこの詩集を一読してもらいたいと願っている。

著者略歴

松村栄子（まつむら　えいこ）

静岡県生まれ、子ども時代は主に福島県で過ごす。
筑波大学第二学群比較文化学類卒業。
1990 年『僕はかぐや姫』で海燕新人文学賞。
1992 年『至高聖所《アバトーン》』で芥川賞。
その他の著書：『001 にやさしいゆりかご』『生誕』『紫の砂漠』『詩人の夢』『あの空の色』『京都で読む徒然草』他。茶道をテーマにした娯楽小説『雨にもまけず粗茶一服』シリーズなども。
京都市在住。福島県文学賞審査委員。いわき応援大使。

石炭袋

松村栄子詩集『存在確率──わたしの体積と質量、そして輪郭』

2018 年 10 月 23 日初版発行
著者　　　　　松村　栄子
編集・発行者　鈴木比佐雄

発行所　株式会社 コールサック社
〒 173-0004　東京都板橋区板橋 2-63-4-209
電話 03-5944-3258　FAX 03-5944-3238
suzuki@coal-sack.com　http://www.coal-sack.com
郵便振替　00180-4-741802
印刷管理　（株）コールサック社　制作部

＊装丁　奥川はるみ

落丁本・乱丁本はお取り替えいたします。
ISBN978-4-86435-359-5　C1092　￥1500E